Abgehoben

REINHARD SIEVERS

Abgehoben

Bibliografische Information der Deutschen Nationalbibliothek:
Die Deutsche Nationalbibliothek verzeichnet diese Publikation
in der Deutschen Nationalbibliografie; detaillierte bibliografische
Daten sind im Internet über http://dnb.dnb.de abrufbar.

© 2020 Reinhard Sievers
Satz, Umschlaggestaltung, Herstellung und Verlag:
BoD – Books on Demand, Norderstedt

ISBN: 978-3-7504-9089-5

Inhalt

I. Teil

1 Der Traum vom Fliegen

Es ist Zeit, die Landung vorzubereiten«, knurrt Heitmann seinen Flugschüler an. Seine Ungeduld bricht unverhohlen aus ihm heraus. Ihm fehlt der Schluck »Captain Morgan« zum Frühstückskaffee. Frau Anders, die Sekretärin seiner Kieler Flugschule, hatte es schon wieder versäumt, die leere Flasche durch eine volle zu ersetzen.

Flugschüler Siebel dreht die einmotorige Sportmaschine in den Landeanflug ein; seine feuchten Finger kleben an der Check-Liste. Er will unbedingt eine gute Landung hinlegen. Immerhin ist es seine 15. Flugstunde. Nur bei einer sanften Landung kann er damit rechnen, endlich die Freigabe zum Alleinflug zu erhalten und den Brummbären Heitmann loszuwerden. Bis zur Flugprüfung würde er dann immer noch mindestens 20 Stunden fliegen müssen, aber allein und frei und ohne nörgelnden Begleiter.

»Sagen Sie laut, was Sie jetzt vorhaben!« fordert Heitmann seinen Schüler auf.

Siebel, die Check-Liste zur Seite legend, betet auswendig die für den Landeanflug erforderlichen Schritte herunter:

»Gemischregler: voll reich, Vergaservorwärmung: ein, Autopilot: aus, Drehzahl runter auf 1700 Umdrehungen pro Minute, Landeklappen auf 10°, wenn Geschwindigkeit unter 85 Knoten. Anschweben mit 65 Knoten, Aufsetzen mit Klappenstellung 40°.«

Der Flugplatz Kiel-Holtenau ist in Sicht. Der Tower hat die Bahn 08 für die Landung vorgegeben. Der Seitenwind zwingt Siebel dazu, die Nase der Maschine leicht in den Wind zu drehen; dadurch bekommt die Cessna eine stabile Lage und Siebel muss den Kurs nicht ständig korrigieren.

Flach schwebt die Maschine über die vor der Landebahn liegende Straße; die Autofahrer schauen auf.

Siebel lenkt die Maschine mit den Pedalen von der Landebahn herunter auf den Rollweg. Heitmann hat während des Landeanfluges bis jetzt kein Wort gesagt.

»Was will er denn noch, die Landung war doch butterweich«, denkt Siebel. Doch auch ein seitlicher Blick auf seinen Lehrer bringt diesen nicht zum Sprechen. Erst als die Maschine auf dem Vorfeld zum Stehen kommt und der Motor ausgestellt ist, sagt Heitmann beim Aussteigen: »Drehen Sie jetzt drei Platzrunden allein. Ich werde Sie vom Tower aus beobachten.«

Kaum hat Heitmann die Tür hinter sich zugeschlagen, spürt Siebel, wie sich sein Puls beschleunigt.

Ein innerer Druck auf die Ohren kommt hinzu. Statt des erhofften Aufatmens nasse Hände. Nach dem Wiederanlassen des Motors und der Freigabe durch den Tower lenkt Siebel die Maschine über den Rollweg bis kurz vor die Startbahn. Nach Checkliste überprüft er die Funktion der Klappen an den Tragflächen und die Instrumente. Diese immer wieder geübten Checks lassen ihn für einen Augenblick sein rasendes Herz vergessen. Und es geht ihm noch ein Spruch durch den Kopf, der auf einem Plakat für alle Flugschüler immer wieder gut lesbar steht: »Es gibt alte Flieger und es gibt tollkühne Flieger, aber es gibt keine alten, tollkühnen Flieger!«

»D-KA abflugbereit«, meldet er dem Tower.

»Start frei, Wind aus 160 Grad mit 15 Knoten«, ist die Antwort. Siebel fährt auf die

Startbahn und bringt die Maschine in Position. Während er den Gasschalter reinschiebt und die Maschine zitternd mit Vollgas startet, wird ihm fast schwarz vor Augen. »Das hast du doch immer gewollt«, sagt er mit lauter Stimme zu sich selbst. Und gegen den Motorenlärm brüllt er: »Endlich frei, endlich allein, ich kann alleine fliegen!«

Bei 70 Knoten Geschwindigkeit zieht er leicht am Steuerhorn, die Maschine hebt ab, wird sanft vom Seitenwind abgedrängt und schwebt Höhe gewinnend über der Kieler Förde. Keine Angst mehr, pures Glücksgefühl.

2 Ein riskantes Geschäft

Siebel lässt sich in seinen Schreibtischsessel fallen. Aus seinem mit Glaswän-
den umgebenen Arbeitszimmer blickt
er in das Großraumbüro. 40 Kreditsachbear-
beiter sind ihm unterstellt. Das ist sein Reich,
das er in den letzten 5 Jahren in der Hamburger Nordländer Bank immer weiter ausgebaut
hat. Dabei ist er mit seinen 38 Jahren immer
noch der jüngste Abteilungsleiter in der Bank.
Er fühlt sich voll fit und hat Spaß an seinem
Job. Wenn da nur nicht diese alten Säcke im
Vorstand wären, die nichts mehr verstehen.
An denen ist doch die Zeit längst vorbeige-
gangen, denkt er.

Die Mitarbeiter sitzen an sechseckigen
Tischen. Die vor ihnen aufgestellten Bild-
schirme sind in einen halbhohen Schrank
eingebaut; vor dem Schrank verbleibt eine
Arbeitsfläche, auf der sich Zeitungen und
Notizen türmen.

Früher waren die Mitarbeiter jeweils zu
zweit in einem Arbeitszimmer untergebracht.
Seit den Erfolgen des Silicon Valley ist das

nicht mehr zeitgerecht. Das Großraumbüro ist angesagt. Die ständige Diskussion unter den Mitarbeitern soll beflügeln. Einige laufen jetzt mit Kopfhörern herum, um sich überhaupt mal auf die zu erledigende Arbeit konzentrieren zu können.

Siebels Blick trifft auf eine der jüngeren Mitarbeiterinnen, Anna Satori. Sie liebt es, im Stehen zu telefonieren. Siebel genießt es. So können seine Augen ihre sanften Rundungen abgreifen. Ihr Anblick lässt ihn in eine leichte Trance verfallen. Eine wohlige Wärme durchströmt ihn.

Ihr kurzer Rock ist waffenscheinpflichtig, denkt er, während er sich vorstellt, wie seine Hand über ihre sanfte Haut an ihren Beinen hochgleitet und sich irgendwo im Ungewissen verliert.

Mit einem Kopfschwung wirft Anna Satori ihr langes schwarzes Haar herum und schaut zu Siebel, als wenn sie seine Blicke gespürt hätte. Siebel setzt sich gerade hin und murmelt: »Bleib sauber, Junge.« Bisher war er bei Kolleginnen reiner Augentäter gewesen; er nimmt sich vor dabei zu bleiben. Aber es gefällt ihm, wie ihn die Mädels anschauen. Er scheint noch eine Sünde wert zu sein.

»Wir brauchen dringend neue Impulse für unser Geschäft«, denkt Siebel. Das Kreditgeschäft mit den Firmenkunden dümpelt so vor sich hin. Dabei hat die Nordländer Bank ehrgeizige Wachstumsziele und ohne Wachstum sieht Siebel am Jahresende auch keinen Bonus.

»Was können wir tun?«, grübelt er. Eine Möglichkeit wäre es, so geht es ihm durch den Kopf, sich den Unternehmensneugründungen, den Start-Ups, zu widmen. Siebel weiß zwar, dass durchschnittlich nur eines von 10 Start-Ups die Aufbauphase überlebt. Man muss sich also sehr gründlich mit der Geschäftsidee des Start-Ups beschäftigen und die Risiken abwägen. Aber wenn ein Unternehmen durchhält, ist es in der Regel ein lohnendes Investment.

Vor einigen Tagen war Siebel auf einem Empfang von einem Kunden auf einen Start-Up-Plan angesprochen worden. Der Kunde betreibt eine bereits von seinem Vater gegründete Warenhauskette; sein Vermögen hat die Milliardengrenze überschritten. Er plant, seinen Sohn bei einem Start-Up zu unterstützen. Sein Sohn, Alex Languth, möchte mit seinem geplanten Unternehmen Drohnen zum Pakettransport einsetzen. Das ist zwar keine ganz neue Idee, aber keiner hat es bisher gewagt. Zu groß waren bisher die Zweifel. Gibt es für die Nutzung des Luftraumes eine Genehmigung? Wie erreicht man den Empfänger?

Alex ist überzeugt, dass die Probleme lösbar sind. Die Genehmigung für die Nutzung des Luftraumes müsste zu erlangen sein, wenn man klare Regeln festlegt, wann und wo die Drohnen fliegen dürfen. Außerdem müssten die Drohnen Sensoren haben, um Zusammenstöße mit Menschen, Tieren oder Gegenständen zu vermeiden. Helfen bei der Erlangung der Genehmigung müsste doch auch, dass die Umwelt geschont wird: viel weniger Abgase.

Und das Problem der Zustellung vor Ort? Die Einrichtung von Paketboxen wäre viel zu teuer. Aber es müsste möglich sein, mit dem Kunden per Handy zu vereinbaren, wann und wo genau geliefert wird. Wenn der Kunde dazu bereit ist, wird vor dem Haus geliefert. Der Kunde muss die Lieferung durch

Eingabe eines vorher vereinbarten Codes in sein Handy bestätigen. Sonst gibt die Drohne das Paket nicht frei.

Die Firma des Vaters, Hans Languth, soll bei der Errichtung der notwendigen Infrastruktur für das Start-Up helfen.

Hans Languth ist bereit, seinem Sohn zu helfen. Es wäre für ihn kein Problem, die für den Anfang kalkulierten 20 Mio. € vollständig zu spendieren, aber das will er nicht. Die Hälfte ja, aber der Rest soll sich der Sohn von einer Bank besorgen. Er geht von der wachen Kontrolle der Bank aus; damit soll der Druck auf den Sohn erhöht werden, sich anzustrengen und Erfolg zu haben.

Siebel reizt die Idee, die Nordländer Bank mit 10 Mio. € an der Finanzierung zu beteiligen. Dabei schwingt bei ihm auch der Gedanke mit: »Der Alte wird seinen Sohn im Ernstfall schon nicht hängen lassen.«

»Mein Gott, woher kommen Sie denn?«, schrickt Siebel hoch. Neben seinem Schreibtisch steht Dr. Leim, sein Stellvertreter. »Ich stehe hier schon seit zwei Minuten, aber Sie haben mich nicht bemerkt«, entschuldigt sich Leim.

»Wenn der wüsste, wie ihn die Kollegen nennen: Prof. Klebrig«, denkt Siebel, »aber das ist eben die Quittung dafür, dass er sich bei Vorgesetzten einschleimt und Kollegen hinterrücks schlecht macht.«

»Herr K..., Herr Leim«, fast hätte Siebel den Spitznamen benutzt. »Sie kommen gerade richtig. Ich habe eine Idee für ein Neugeschäft«.

Siebel erläutert Leim seine Überlegungen zur Finanzierung des Start-Ups von Alex Languth und sagt dann: »Herr Leim, entwerfen Sie eine entsprechende Kreditbeschluss-Vorlage und holen Sie sich dann die Genehmigung des Vorstandes«.

Dass Siebel Dr. Leim beauftragt, für ein Geschäft die Genehmigung des zuständigen Vorstandsmitgliedes einzuholen, ist nicht neu. Siebel traut ihm zu, sich mehr einzuschleimen, als es ihm selbst möglich wäre.

3 Wie überzeugt man einen Boss?

N a, was bringen Sie mir Schönes?«, fragt Hiller, für das Kreditgeschäft zuständiges Vorstandsmitglied der Nordländer Bank, den hereinstürmenden Leim.

»Wir möchten ein interessantes Start-Up finanzieren und wir bitten Sie, Herr Hiller, um Ihre Genehmigung«, flötet Leim. »Kommen Sie mir nicht mit sowas«, faucht Hiller, »Start-Ups, das ist doch Teufelszeug. Kaum eines überlebt doch!«

Leim kriecht die Wut hoch. Warum kann sich dieser Affe das Geschäft nicht erst einmal in Ruhe erklären lassen, denkt er und entgegnet sich mühsam beherrschend: »Auch eine mittelgroße Bank wie unsere Nordländer Bank muss in dieses Geschäft einsteigen. Es ist ein milliardenschwerer Markt. Wir brauchen neue Impulse für unser Kreditgeschäft. Das herkömmliche Geschäft lahmt.«

Hiller versinkt in seinen Schreibtischsessel. Sein Blick verliert sich in einem Bild an der Stirnseite seines Büros. Das dort abgebildete

Lübecker Kontor aus der Hanse Zeit macht einen beschaulichen Eindruck. Er hat noch zwei Jahre als Vorstandsmitglied der Hamburger Bank bis zu seiner Pensionierung. Warum sollte er sich jetzt noch auf neue Sachen einlassen, die er nicht versteht.

»Es ist unsere Pflicht, uns Herausforderungen des Marktes zu stellen«, insistiert Leim. »Na gut«, räkelt sich Hiller unwirsch in seinem Sessel, »dann versuchen Sie mal, mir dieses verdammte Geschäft zu erklären, aber bitte mit einfachen, dürren Worten.«

Leim versucht es mit Händen und Füßen. Doch ohne Erfolg. Hiller will nicht. »Das ist mir zu riskant«, schnauft er, »lassen Sie die Finger davon!«

Leim zieht sich in sein Einzelbüro zurück. Er bebt vor Wut. »So kommen wir nicht voran«, denkt er, »wir machen es trotzdem.«

Er nimmt sich die Vorstandsvorlage und fälscht sorgfältig die Unterschrift von Hiller.

Damit geht er zu Siebel und sagt ihm: »Hiller hat zugestimmt. Hier ist seine Unterschrift. Aber er hat zunächst heftigen Widerstand geleistet. Er möchte vorerst nicht mehr darauf angesprochen werden.«

4 Lebensgier

Jane Hiller geht grußlos an der Sekretärin vorbei, öffnet vorsichtig die Tür zum Dienstzimmer ihres Mannes und steckt den Kopf herein: »Schatz, ich war in der Stadt zum Einkaufen. Hast Du einen Moment Zeit?«

Hiller, der sich gerade gequält den Vorschlag von Siebel über Beförderungen von Mitarbeitern anhört, freut sich über die Unterbrechung: »Was gibt's, mein Herz?«

Sie stürmt, ohne Siebel zu beachten, ins Zimmer. »Schatz, Du jammerst doch immer über Bauchschmerzen. Ich hab Dir einen magenschonenden Kaffee mitgebracht.« Hiller räuspert sich verlegen.

Während aus ihr Details ihres erfolgreichen Einkaufsbummels heraussprudeln, hat Siebel Zeit zu Betrachtungen. Sie ist viel jünger als Hiller, vielleicht 30. Mit ihren hochhackigen roten Schuhen, ihrem kurzen, die langen Beine betonenden weißen Strickrock und einem wie eine Pelle anliegenden, die üppigen Formen abzeichnenden roten T-Shirt sieht sie etwas billig aus, eigentlich nicht wie die Gattin eines Vorstandsmitgliedes einer in dieser Region nicht gerade unbedeutenden Bank.

Dabei ist sie mit ihren langen blonden Haaren, den großen grünen Augen, der fein geschnittenen Nase und dem knallroten Knutschmund durchaus in der Lage, alles in einem Manne in Alarmbereitschaft zu versetzen.

»Wie kommt der Kerl an so ein Weib«, fragt sich Siebel. »Ist es nur das Geld? Ist sie wie eine aussaugende Schlingpflanze oder verbindet die beiden tatsächlich echte Zuneigung? Immerhin scheint sie ja, wie der Kaffee zeigt, besorgt um ihn zu sein.«

»Sei so nett und nimm den Kaffee mit in die Küchenecke im Vorzimmer«, versucht Hiller seine Frau loszuwerden. Sie nimmt den Kaffee. Sich zum Vorzimmer wendend haucht sie: »Liebling, kannst Du nicht heute etwas früher nach Hause kommen?«

»Liegt nicht drin, Maus, mein Terminkalender ist bis mindestens 19 Uhr voll«, wimmelt Hiller ab und raunzt, kaum dass seine Frau das Zimmer verlassen hat, mit hochgezogenen Augenbrauen zu Siebel gewandt: »Weiber!«

Jane Hiller hastet die Treppe hinunter zu ihrem Wagen, verfängt sich mit einem Schuh in einem Abtrittgitter, greift den Schuh und barfuß weiterlaufend schwingt sie sich in das offene Cabrio.

Sie drückt die Taste für eine eingespeicherte Nummer in ihrem Handy und keucht außer Atem zu der sich meldenden Männerstimme: »Wir haben vier Stunden Zeit. Komm gleich zu mir nach Hause.«

Boy Behrens kann sich seine Zeit einteilen. Als Jurastudent im vierten Semester erfreut er sich der Tatsache, dass das Jurastudium noch eines der wenigen nicht verschulten Studienfächer ist. Dies erfordert zwar erhebliche Selbstdisziplin, aber die wird sich sicher noch einstellen.

Seinen braungebrannten, vom Tennisspiel trainierten Körper pflegt er mit Sorgfalt. Seitdem er weniger Tennisunterricht gibt und dafür die Damenbetreuung intensiviert hat, zeigt sich auch seine finanzielle Lage in einem Aufwärtstrend. In vier Damen pro Woche sieht er durchaus eine sportliche Herausforderung. Wie beim Tennis legt er auch bei dieser zweiten Nebenbeschäftigung Wert auf kraftvolles, abwechslungsreiches Spiel. Mal von der Grundlinie, dann geschickt die Stellung wechselnd, immer voll konzentriert und nuancenreich. Ungeduldig wird Boy von Jane Hiller an der Tür erwartet. »Wo bleibst Du denn? Jetzt ist schon eine halbe Stunde vergangen.«

Von allen ihm bekannten weiblichen Wesen ist Jane Hiller die einzige, vor der er eine Art Furcht entwickelt hat. Bei ihr hat er von Beginn an keine Chance, sein Spiel durchzusetzen. Vom ersten Aufschlag an ist sie die beherrschende Kraft. Dabei hat er das Gefühl, dass sie seine Kräfte aussaugend immer stärker wird.

Sie nestelt an seinem Hosengürtel, streift seine Hose herunter, so dass er fast umfällt, zerrt ihn, der sich nur wie sackhüpfend bewegen kann, zum Bett und wirft ihn auf den Rücken. Ein wildes Match nimmt seinen Lauf.

Boy Behrens, der beim Tennis nach einem Drei-Stunden-Match seine Kräfte noch einmal zu einem Energiestoß bündeln kann, hat das heutige Match nach 2 Stunden aufgegeben. Hechelnd liegt er auf die Ellbogen gestützt halbhoch auf dem Rücken. Mit zitternder Hand übernimmt er die ihm zugereichte Zigarette, während Jane Hiller aufrecht neben ihm im Bett sitzend einen Rauchring in die Luft bläst.

»Ich kann diesen Schwächling mit seinen Schwabbelbauch nicht mehr ertragen«, sinniert Jane über ihren Mann. »Der alte Sack weiß doch schon lange nicht mehr, wo der Hammer hängt.«

Boy kommt mit einem Ruck hoch und haucht auf die Tür zeigend tonlos: »Da ..., da ist der Sack!« In der Tür steht Hiller, einen Blumenstrauß in der Hand, mit aufgerissenem Mund. Sein Entschluss, alle Termine abzusagen und dem vermeintlichen Lockruf seiner Frau zu folgen, hatte sich nicht gelohnt.

5 Weichenstellung

Haben Sie schon gehört, Hiller will sich von seiner Frau scheiden lassen«, jubiliert Leim zu Siebel. »Das glaube ich nicht«, entgegnet dieser unwirsch. »Ich habe die beiden erst gestern erlebt. Das sah nicht nach Scheidung aus.«

»Doch«, ereifert sich Leim, »ich hab' vorhin etwas ins Vorzimmer von Hiller gebracht und durch die halboffene Tür ein Telefonat Hillers mit seinem Anwalt mitgehört. Er will die Scheidung, weil er seine Alte mit einem Betthasen erwischt hat.«

»Aua«, entfährt es Siebel, »so kann man sich täuschen.« Er lehnt sich in Gedanken versunken in seinem Schreibtischsessel zurück, ohne das weitere Geplapper von Leim wahrzunehmen.

»Was ist eigentlich mit unserer Start-Up-Finanzierung?«, unterbricht er nach einer Weile den Redefluss von Leim. »Das sieht nicht gut aus, Chef«, antwortet Leim. »Alex Languth hat zwar schon erheblich investiert, in die Entwicklung und den Kauf von Drohnen und in die Infrastruktur des Unternehmens. Aber die Genehmigung für die Nutzung des Luftraumes lässt auf sich warten; es sind endlose Diskussionen mit den Behörden. Aber bitte, sagen Sie noch nichts zu Hiller. Wir haben ja immer noch die Chance, dass es klappt. Und sonst ist da ja auch noch der Vater, Hans Languth.«

»Na gut,« sagt Siebel, »ich wundere mich nur, dass Hiller noch nicht nachgefragt hat.«

6 Abgehoben

Eine sorgfältige Flugvorbereitung ist das halbe Fliegerleben. Arbeiten Sie genau!«, hämmert Heitmann seinem Flugschüler Siebel ein. Der sitzt über Landkarten und Tabellen gebeugt am Schreibtisch in der Flugschule und bereitet sich auf seinen Überlandalleinflug vor.

Einer der letzten Ausbildungsschritte vor der Flugprüfung zum Privatpilotenschein ist dieser Flug, der nach der Ausbildungsordnung mindestens 300 km lang ist und Zwischenstopps auf zwei fremden Flugplätzen beinhaltet. Bei der geringen Erfahrung der angehenden Piloten ein erhebliches Wagnis. Auch für den Fluglehrer eine erhebliche Verantwortung zu entscheiden, ob sein Schüler vom Ausbildungsstand her und auch mental in der Lage ist, diesen mehrere Stunden dauernden Alleinflug zu bewältigen. Die schon früher erteilte Alleinflugfreigabe beschränkt sich auf den Verkehr in der Nähe des Heimatflughafens.

Heitmann teilt Siebel die zu fliegende Route

mit. Die erste Station ist St. Michaelisdonn, ein kleiner an der Westküste Schleswig-Holsteins in Dithmarschen liegender Platz. Dann weiter über die Elbe nach Niedersachsen hinein mit Ziel Wilhelmshaven. Von dort zurück zum Heimatplatz Kiel.

»Ich will Sie hier unbedingt vor 14 Uhr wiedersehen; dann habe ich die Maschine anderweitig verchartert. Es ist jetzt 9 Uhr. Also beeilen Sie sich mit der Flugvorbereitung und bummeln Sie nicht auf den anderen Flugplätzen herum«, ordnet Heitmann an. »Der behandelt mich wie Klein-Hansi auf der Schulbank«, denkt Siebel, aber schweigt.

Er ruft die Flugwetterberatung in Hamburg an. Der Wind kommt aus 240° mit 20 Knoten. Strahlender Sonnenschein, blauer Himmel, Sicht über 10 km. Bis auf den Wind ideale Bedingungen.

In die Landkarte für Luftfahrer, die ICAO-Karte, trägt er den zu fliegenden Kurs ein. In der Karte markiert er Auffanglinien, Flüsse, Eisenbahnlinien sowie andere markante Punkte, die ihm helfen sollen, die Orientierung auf der Karte notfalls zurückzugewinnen. In ein Flugvorbereitungsformular (ein

Flight-Log) trägt er alle für den Flug wichtigen Daten ein.

Zunächst schreibt er die Sprechfunkfrequenzen der anzufliegenden und vorsichtshalber auch der in der Nähe der Route liegenden Flugplätze auf. So braucht er während des Fluges nicht mehr danach auf der ICAO-Karte zu suchen.

In die nächste Spalte kommt der unter Berücksichtigung des Windes sowie von Variation und Deviation errechnete Kompasssteuerkurs, den er fliegen will.

Es folgen die Entfernung pro Streckenabschnitt, die Geschwindigkeit über Grund unter Berücksichtigung der Windrichtung und die sich daraus ergebende voraussichtliche Flugzeit.

Diese wird er später mit der tatsächlich geflogenen Zeit pro Streckenabschnitt abgleichen.

Dann folgt die Kraftstoffberechnung. Die Summe aus der benötigten Kraftstoffmenge für Start- und Steigflug, Reiseflug und notwendiger Reserve wird in Relation zum tatsächlichen Tankinhalt gesetzt, der für etwa 5 Stunden reicht. Vorausgesetzt, die übliche

Geschwindigkeit von ca. 200 km/h wird nicht überschritten und das Luft-Kraftstoffgemisch wird mit dem Gemischregler optimal verarmt.

Da er allein fliegt, kann er sich diesmal die Gewichtsberechnung sparen. Sonst kann sie lebenswichtig sein.

Siebel zeigt Heitmann das fertige Flight-Log. »Auf geht's«, drängelt dieser und gibt ihm einen Schein mit der Genehmigung für diesen Flug.

Siebel macht sich auf den Weg zur Maschine auf dem Flughafenvorfeld. Heitmann setzt für die anderen Schüler den theoretischen Unterricht fort. Während des ganzen Fluges wird er über ein Sprechfunkgerät die entsprechenden Frequenzen abhören, in der Hoffnung, nichts Schlimmes über seinen Schützling zu hören.

Während er die Maschine anlässt, prägt sich Siebel noch einmal ein: während des Fluges auf Sperrgebiete achten; die vorgeschriebene Höhe halten; anhand der Karte markante Punkte verfolgen, um nicht die Orientierung zu verlieren; Pflichtmeldepunkte einhalten.

Nach Abschluss aller Vorbereitungen meldet er sich beim Tower über Sprechfunk abflugbereit. Statt des sonst üblichen »Start frei«, kommt es aus dem Tower: »Jo, mien Jung, denn man los!«. Siebel stutzt. Auch der Tower ist über sein Vorhaben informiert. Aus den Worten des Lotsen klang ein wenig Mitgefühl.

Die Cessna steigt auf. Noch vor Erreichen der Reiseflughöhe saust plötzlich eine Möwe auf die Maschine zu. Sie kann im letzten Augenblick vor der Windschutzscheibe abdrehen. Schrecksekunde. So etwas kann übel ausgehen.

Siebel erinnert sich an den Flugunterricht, was Heitmann ihnen über Vogelschlag erzählt hat. Am Flugplatz lebende Vögel sind keine Gefahr, nur die vorbeiziehenden fremden Vögel. Die Platzvögel haben sich an die lärmenden Kisten gewöhnt und greifen auch nicht an. Dass ein Flugzeug kein Artgenosse ist, dass erkennen auch der blödeste Habicht und die doofste Amsel. Und wenn neben einer startenden Maschine ein Vogel herrennt, gleichfalls startet und eine Strecke mitfliegt, keine Sorge, es ist reine Neugier.

Ziel St. Michaelisdonn. Der errechnete Kurs beträgt 238°. Doch Siebel entschließt sich, nicht nach Kompass zu fliegen, sondern sich der Einfachheit halber am Nord-Ostsee-Kanal zu orientieren. Siebel braucht so nur dem quer durch Schleswig-Holstein von Nordost nach Südwest verlaufenden Kanal zu folgen und erspart sich den mühsamen Abgleich von Landkarte mit dem tatsächlichen Landschaftsbild. Heitmann sieht ja nicht zu.

Siebel hält sich rechts vom Kanal und folgt damit einer Regel, die einer ungewünschten Begegnung von zwei die gleiche Landschaftslinie in entgegengesetzter Richtung verfolgenden Fliegern vorbeugen soll. Dabei versucht er, eine Höhe von 1250 Fuß (ca. 380 Meter) konstant einzuhalten. Seitdem ihm ein erfahrener Flieger den Tipp gegeben hat, zur Vermeidung von Zusammenstößen in der Luft keine Höhen mit üblichen »geraden« Zahlen wie 1.000 oder 2.000 Fuß zu fliegen, sucht er sich Höhen mit »krummen« Zahlen aus, die von anderen Fliegern mit geringerer Wahrscheinlichkeit gewählt werden. Hoffentlich kennen nicht zu viele diesen Tipp, denkt er.

Unter ihm gleiten Containerfrachter, im Sonntagsweiß herausgeputzte Passagierdampfer und kleine Sportboote über den in der Sonne gleißenden Kanal.

St. Michaelisdonn in Sicht. Nach Freigabe durch den Tower macht er sich zur Landung bereit. Die Bahn liegt genau vor ihm. Links neben der Bahn ein Grünstreifen mit parkenden Flugzeugen. Ein Zaun bildet den linken Abschluss des Streifens, nur unterbrochen vom Tower, von dem man geradeaus herausschauend etwa die Mitte der Bahn erblickt.

Alles ist vorbereitet, die Geschwindigkeit schon stark gedrosselt, die Maschine schwebt ein. Es müsste eine problemlose Landung werden.

Kurz vor Erreichen der Bahn volle Landeklappen, sanftes Gleiten, der Vogel will runter. Plötzlich bedrängt eine Bö die rechte Flugzeugseite und schiebt die Cessna weg von der Bahn über den seitlichen Grünstreifen. Die parkenden Maschinen sind zum Greifen nahe unter Siebels Flieger. Die Cessna trennt wenig von der Abrissgeschwindigkeit, bei der dem Flugzeug der Auftrieb fehlt und es wie ein Stein runterfällt. »Verdammt, das wird knapp«, schreit der Fluglotse, der die Maschine auf den Tower zukommen sieht.

Siebel schiebt das Gas rein zum Durchstarten. Nur zögernd entscheidet sich die Cessna, ob sie sich setzen oder dem Befehl zum Wiederaufstieg folgen will. Die Räder des Fahrwerks berühren jetzt fast die parkenden Maschinen. »Die Klappen rein, verdammt noch mal«, brüllt der Fluglotse in den Sprechfunk. Stufenweise führt Siebel die Klappen in ihre Normalstellung zurück.

Er weiß, dass ein zu schnelles Zurückfahren der Klappen der Cessna endgültig die Lust zum Steigen nehmen würde.

Die drohend hohen Sträucher am Ende der Bahn kommen näher. Sie greifen nach den Rädern. Doch, als wenn sie die Beine einzöge, schleicht sich die Cessna darüber hinweg, jetzt langsam Fahrt und Höhe gewinnend.

Erst jetzt spürt Siebel ein heftig hämmerndes Pulsieren im Nacken; seine flattrigen Hände umkrampfen das Steuerhorn.

Erst jetzt wird ihm klar, dass er hauchdünn vor dem Sprung in die große schwarze Kiste, deren Deckel sich nicht mehr öffnet, entfernt gewesen war. Er will beten, doch die Platzrunde, die ihn zur Landebahn zurückbringen soll, erfordert seine Aufmerksamkeit.

Eine andere Maschine im Landeanflug wird vom Tower in eine Warteschleife geschickt. Der Fluglotse kann sich offenbar ein Bild von Siebels Gemütszustand machen. Mit einem »Na sehen Sie, es geht doch!«, beglückwünscht der Lotse über Funk Siebels zweiten und diesmal erfolgreichen Landeversuch.

Nach Verlassen der Maschine schleppt sich Siebel mit weichen Knien die Treppe zum Tower hoch, bezahlt die Landegebühr und erhält als Nachweis für seine Zwischenlandung einen Stempel ins Flugbuch. »Das kann schon mal vorkommen«, tröstet ihn der Lotse beim Abschied.

Siebel hat den Tower gerade verlassen, als der Lotse ihm durchs geöffnete Fenster nachruft: »Anruf für Sie, von Ihrer Flugschule.«

Erneut zwingt sich Siebel die Stufen hoch. »Wo bleiben Sie denn, Sie hätten doch schon vor 20 Minuten dort sein müssen, was machen Sie denn da«, dröhnt Heitmanns Stimme aus dem Telefon. Siebel ist zu sehr mit sich selbst beschäftigt, um Heitmann jetzt erklären zu können, dass die Orientierung am Kanalverlauf statt am Kurs und die zusätzliche Platzrunde Zeit gekostet hatten. Wortlos legt er den Hörer auf.

In die Maschine zurückgekehrt bereitet sich Siebel auf das nächste Etappenziel Wilhelmshaven vor. Die routinemäßig abzuhakenden Schritte beruhigen ihn.

Der Weiterflug beginnt.

Hohe Masten für Überlandleitungen am Ufer der Elbe, das Haus von Freunden in Neuendeich, nach Überqueren des Flusses ein Fußballfeld großes Gelände einer Chemiefabrik, das von einem Wall umgeben eine rot leuchtende Masse einschließt, endlose platte Weite von Niedersachsen. Wenige Punkte in der Landschaft zur Orientierung. Jetzt nach Kurs fliegen. 216° in Richtung Brake an der Weser.

Über Brake auf Kurs 290° drehen, in Richtung zum Pflichtmeldepunkt Sierra vor Wilhelmshaven. Dann Kurs 360°, eindrehen, Wilhelmshaven in Sicht.

Seitenwind drückt weg, Nase in den Wind, Tragfläche etwas hängen lassen, jetzt wieder gerade zur Landebahn ausrichten, frei zur Landung, butterweich angekommen.

Nichts los am Platz. Der Lotse will ihn in

ein Schwätzchen verwickeln. Landegebühr bezahlen, Stempel ins Flugbuch, weiter, bloß nicht mehr aufhalten lassen.

Rückflug nach Kiel: Jetzt nicht die Orientierung verlieren. Überall flaches Land. Siebel erinnert sich an eine Geschichte, die ihm der Fluglotse in Kiel bei einem Besuch Siebels im Tower erzählt hatte. Ein Flugschüler aus Bremen hatte sich auf seinem 300 km Überlandalleinflug vorgenommen, nach Kiel und zurück zu fliegen.

Nach einer Stunde Flug erwartete er, nun bald die Ostsee bei Kiel sehen zu können. Der über Sprechfunk angerufene Kieler Tower reagierte mit Unverständnis: »Kann Sie auf der von Ihnen angegebenen Position nicht ausmachen. Wenn Sie, wie Sie sagen, 5 Minuten vom Platz entfernt in westlicher Richtung wären, müsste etwas auf dem Schirm sein. Schalten Sie Transponder Code 7700, dann können wir besser sehen.« Nach kurzer Pause der Tower: »Können Ihnen die erfreuliche Mitteilung machen, dass Sie nicht kurz vor Kiel, sondern auf Gegenkurs eine Stunde südlich von Bremen sind.« Schweigen im Cockpit.

Das, so nimmt sich Siebel vor, solle ihm nicht passieren.

Nach einer Weile überquert er erneut die Elbe. Von jetzt an kennt er sich wieder besser aus. Noch immer strahlender Sonnenschein und jetzt auch absolute Windstille. Ruhig gleitet die Maschine durch die Luft. Siebel betrachtet die Landschaft, die Häuser, die Seen, die sich weit durchs Land schlängelnden Flüsschen. Er fühlt sich leicht und zufrieden. Wie klein alles von hier oben aus ist. Wie nichtig ist doch das Alltagsgezänk. Er denkt an Hiller. Was für ein Wurm der doch ist. Hadert um jeden Pfennig Gehaltserhöhung, besorgt sich aber ein sattes Gehalt und dicke Privilegien. Wer hat schon den Mut zum Selberfliegen so wie er. Hiller hat doch schon Angst, wenn er mit der Verkehrsmaschine nach Frankfurt mitfliegen muss.

Ich wüsste, denkt Siebel, wie ich eine Bank machen würde.

13.45 Uhr Landung in Kiel. »Na bitte«, ist Heitmanns Kommentar.

7 Ein hässlicher Mord

Hiller sitzt an seinem Schreibtisch und brütet über einem Brief seines Anwaltes in Sachen »Hiller gegen Hiller«. Sein Magen macht sich wieder bemerkbar, ein dumpfer Druck geht ihm aufs Gemüt. »Bringen Sie mir doch mal 'nen Kaffee«, bittet Hiller seine Sekretärin, »aber von diesem neuen magenschonenden Zeug«.

Was soll ich jetzt machen, denkt er, ein Leben ganz ohne Frau ist öde. Soll ich mich mit ihr versöhnen oder noch mal was Neues anpacken. Versöhnung ist schlecht, denn dieser Sack Flöhe würde sich über kurz oder lang doch wieder was Jüngeres suchen. Und was Neues ist anstrengend. Das Leben ist eines der schwierigsten, denkt Hiller, während er seinen Kaffee schlürft.

Also, magenschonend ist der nicht gerade, geht es ihm durch den Kopf. Statt des dumpfen Drucks spürt er jetzt ein bohrendes Stechen und Schneiden. Ein krampfartiges Stakkato, als würde jemand mit riesigen Pranken seinen Magen kneten. Schweißperlen tropfen auf den vor ihm liegenden Brief. Jetzt wie ein spastisches Kontrahieren der Luftröhre. Er greift nach dem Brieföffner, krallt seine Hand so fest herum, dass Blut aus der Hand quillt. Er hat keine Luft mehr.

Der aufgerissene Mund hilft nicht.

Durch einen dumpfen Aufschlag aufgeschreckt eilt die Sekretärin ins Zimmer. Hillers Kopf liegt zur Seite gedreht auf der Schreibtischplatte. Seine Augen sind starr.

Der herbeigerufene Arzt kann nur noch den Tod Hillers feststellen. Die Obduktion am nächsten Tag ergibt: Gift im Kaffee. Das Dienstzimmer Hillers wird versiegelt. Im Kaffeepulver in Hillers Vorzimmer findet die Polizei reichlich von dem Gift. Mary Fischer von der Hamburger Mordkommission übernimmt den Fall.

8 Eine neue Bekanntschaft

Kommissarin Fischer ist eine energische Person. Das von ihr ausgehende Kraftfeld hat schon manchen früher zum Reden gebracht, als er es eigentlich wollte. Sie weiß um diese Kraft; sie ist ruhig und konzentriert.

Im Gang vor Hillers Zimmer unterhält sich Mary Fischer mit einem Polizisten. In der einen Hand ein Glas Wasser haltend, liest sie von einem Zettel in der anderen Hand vor, welche Gegenstände der Polizeibeamte aus Hillers Zimmer in Gewahrsam nehmen soll: den Behälter mit dem Kaffee, einen daneben liegenden Löffel, der offenbar zum Einfüllen des Kaffeepulvers benutzt wurde, Hillers Kaffeetasse usw.

Ein plötzlicher Stoß von hinten schlägt Mary Fischer das Glas aus der Hand. Das Wasser läuft ihr über den linken Arm. »Passen Sie doch auf!«, schilt der Polizeibeamte Siebel, der bei seinem Versuch, an Mary Fischer vorbeizugehen, den Zusammenprall herbeigeführt hatte. »Es tut mir leid«, sagt Siebel mit spitz-

bübischem Lächeln. »Darf ich das wiedergut-
machen und Sie in die Kantine einladen?«

Die Absicht, das Angebot mürrisch abzu-
lehnen, weicht, als sie ihm ins Gesicht schaut.
Er strahlt sie an.

»Kommen Sie«, sagt er und nimmt sie beim
Arm.

Sie suchen sich einen Tisch am Fenster, das
den Blick auf die Alster erlaubt. Ein Fahrgast-
schiff legt gerade von der Brücke ab, um seinen Weg zur anderen Uferseite zu nehmen.

»Wie geht es voran?«, erkundigt sich Siebel.
»Schlecht«, antwortet sie einsilbig.

»Ich mache Ihnen einen Vorschlag«, Siebel
setzt sein Erfolgslächeln ein, »ich habe gerade
meine Flugprüfung gemacht. Ich lade Sie
morgen, am Sonnabend, zu einem Flug nach
Sylt ein. Hier in der Bank ist alles zu hektisch.
Auf dem Flug und auf der Insel hätte ich Zeit,
Ihnen einiges über diese Bank und die Leute
hier zu erzählen. Vielleicht bringt Sie das weiter!«. Mary Fischer ist neugierig. Sie willigt
ein.

9 Liebe im Meer

Sylt zeigt sich von seiner schönsten Seite.
Die Sonne spiegelt sich auf den die In-
sel umgebenden Wellen. Die weißen
Dünenberge treten hell leuchtend hervor. Die
Cessna folgt dem Eisenbahn-Damm, der die
Insel mit dem Festland verbindet. Zwei Loko-
motiven ziehen einen endlos langen Zug, der
mit Urlauberautos besetzt ist.

Der Tower gibt die Flugroute für Siebels Maschine auf. Die Küste entlang an Keitum vorbei. Durch die dichten Baumkronen schim-
mern die Reetdachhäuser, umgeben von stei-
nernen Friesenwällen. Über der St. Severin
Kirche taucht die Cessna in die Insel ein und
sucht sich in einer S-Kurve ihren Weg zum
Flughafen Westerland. Die lange Reihe par-
kender Maschinen zeigt ihnen, dass sie nicht
die ersten sind. Ein bereitstehendes Mietauto
bringt sie ans nördliche Ende der Insel, den
Ellenbogen, die Lieblingsecke Siebels auf der
Insel. Ihn ärgert zwar die Maut, die bei der
Einfahrt in den Ellenbogen gezahlt werden
muss und auf einem vom dänischen König in

grauer Vorzeit verliehenem Privileg an eine inzwischen umfangreiche nordfriesische Sippe beruht. Aber der Ellenbogen mit seinen Dünenbergen, Heidetälern und Sandkuhlen, umgeben vom Meer, bietet ein einsames Versteck vor dem Rest der Welt.

»Übrigens, ich heiße Wolf«, unterbricht Siebel das Schweigen. Mary Fischer findet das »Du« zwar reichlich früh, lässt es aber geschehen. Sie sind bisher nicht viel zum Reden gekommen. Während des Fluges beschränkte sich ihre Unterhaltung wegen des Lärms darauf, dass Siebel sie auf markante Landschaftspunkte hinwies. Auf dem Kieler Flugplatz, wo Siebels gerade gekaufte Maschine steht, hatte er ihr nur kurz die Instrumente erklärt. Dann über die Kieler Förde mit ihrem Meer von Segelbooten, weiter nach Schleswig mit dem in der Sonne strahlenden Gottorfer Schloss, über die Flensburger Förde, dann entlang der dänischen Grenze zum Ziel.

Der Sand brennt unter den nackten Füßen. Die Schuhe in der Hand haltend suchen sie sich einen Weg durch die Dünen zum Meer. Es ist ein heißer Sommer.

Die weißblauen Wellen treiben auf das Ufer und brechen sich in prickelndem Schaum.

Siebel hatte sich, wie er es immer am Ellenbogen tat, beim Anblick der Brandung die Kleider vom Leibe gerissen und sich mit Wollust in die aufbrausende Gischt gestürzt.

Sie steht etwas ratlos am Fuß der Düne. Textilfreies Baden war ihr bisher fremd gewesen. Aber auch sie empfindet, dass es in dieser atemberaubenden Landschaft mit der die Sinne berauschenden Meeresbrise albern wäre, jetzt brav einen Badeanzug anzuziehen. Sie folgt ihm unbekleidet ins Meer.

Dem Aufbäumen der herannahenden Wellen versuchen sie zu entgehen; sie werfen ihre Körper über den Wellenkamm. Oder geben der Energie der Wellen nach und lassen sich von ihrer Gewalt mit an das Ufer spülen.

Beide empfinden ein betörendes Glücksgefühl. Immer wieder werfen sie sich in das alle Sinne reizende Meer.

Eine Welle umschlingt Mary Fischer, trägt sie hoch, zieht sie mit Wucht zu Boden und überschüttet sie mit wilder Kraft. Ihr Versuch, sich aufzurichten, misslingt. Der Sand unter ihren Füßen entschwindet, nachdrängende

Wogen zwingen sie runter. Sie ringt nach Luft. Siebel wirft sich in die Wellen, zieht sie hoch, umfasst sie. Eng umschlungen stehen sie in dem sie umtosenden Meer.

Die Sinne toben.

»Lass uns einen Platz in den Dünen suchen«, ruft sie ihm gegen das Rauschen von Meer und Wind zu. Sie laufen über den Strand. Aus ihrer Tasche holt sie ein großes Badetuch. In den Dünen finden sie eine geschützte Mulde, die gerade groß genug für das Badetuch ist, umsäumt von wogendem Strandhafer.

Sie liegen nebeneinander und schauen in das mit einem Dunst aus Sand vermischte Blau. Sie berühren sich nicht und dennoch spüren sie eine tief durchdringende Erregung. Der Wind haucht über ihre Körper.

Langsam wendet sie sich ihm zu. Er spürt ihre weichen, offenen Lippen auf seinem Mund.

10 Man kann nicht immer gewinnen

Mary Fischer nähert sich mit ihrem Wagen dem Hillerschen Haus. Sie ist immer noch verwirrt über die Sylt-Ereignisse. Es war schön auf der Insel, aber sie fühlt sich vom Geschehenen überrollt. Damit hatte sie nicht gerechnet.

Sie nimmt sich vor, in ihrem Fall jetzt zügig voranzukommen. Siebel hatte ihr auf der Rückreise beiläufig erzählt, dass Jane Hiller ihrem Mann Kaffee ins Büro gebracht hatte und Hiller wegen einer Bettgeschichte seiner Frau die Scheidung wollte. Das passte doch zusammen!

Mary Fischer biegt auf das Hillersche Grundstück ein. Über einen mit hellen Kieselsteinen belegten, von alten Bäumen flankierten Weg gelangt sie vor das Holsteiner Herrenhaus, das Hiller vor einigen Jahren auf Drängen seiner Frau gekauft hatte und aufwendig renovieren ließ. Dies gab Jane Hiller den gewünschten Rahmen für die Pflege ihrer zweiten Leidenschaft, dem Veranstalten von Partys.

»Wie krieg' ich das Mädel zum Geständnis?« überlegt sich Mary Fischer. »Gibt es eine Überrumpelungstaktik?«

Die Kommissarin wird höflich empfangen. Jane Hiller geleitet sie in den Salon, der den rechten Teil des Erdgeschoßes ausfüllt und einen Blick in den hinter dem Haus liegenden Park eröffnet. Statt der angebotenen Tasse Kaffee zieht Mary Fischer ein Glas Wasser vor. Wie kann ich sie packen, überlegt sie.

Nach einer belanglosen Eingangsunterhaltung über das Herrenhaus und die Einrichtung des Salons kommt Jane Hiller ihr zuvor: »Sie werden möglicherweise von dem Kaffee gehört haben, den ich meinem Mann ins Büro gebracht habe. Bevor Sie zu falschen Schlussfolgerungen kommen, möchte ich Ihnen sagen, dass die Packung noch in Folie eingeschweißt war als ich sie brachte. Das wird Ihnen die Sekretärin meines Mannes sicher bestätigen können.«

Mary Fischer ruft vom Hillerschen Haus aus die Sekretärin an. Sie bestätigt es.

Diese Runde geht an Jane Hiller, denkt die Kommissarin.

11 Verhaftet

Missmutig stochert Mary Fischer in ihrem Stück Kuchen. »Ich komm nicht weiter, ich sitze fest«, eröffnet sie dem ihr in der Bankkantine gegenübersitzenden Siebel. »Wo soll ich ansetzen?«

»Habt ihr denn nicht irgendwelche Fingerabdrücke gefunden?«, erkundigt sich Siebel.

»Doch, natürlich. An der Kaffeedose, am Löffel neben der Dose, der zum Einfüllen des Kaffees in den Filter diente usw. Aber wo sollen wir anfangen? Wir können doch nicht 2000 Angestellten der Bank Fingerabdrücke abnehmen. Natürlich sind die Abdrücke der Sekretärin drauf, aber was sagt das schon?«

»Versuch es doch zumindest mit den Leuten, die enger mit Hiller zu tun hatten. Kuck mich an oder Dr. Leim oder Vorstandsmitglieder und Abteilungsleiter«, schlägt Siebel vor.

Sie will seinem Rat folgen und bittet ihn um eine Liste der engsten Mitarbeiter von Hiller.

In einem Sitzungsraum auf der Vorstandsetage nehmen Polizeibeamte die Fingerabdrücke ab. Es dauert Tage, bis alle Mitarbeiter erreicht sind. Einige müssen in einer Schlange auf die Prozedur warten. Man zeigt sich amüsiert und macht Witze übereinander. »Ich habe den Schmidt immer schon für einen Lustmörder gehalten«, ruft einer in den Raum. Trotz der zur Schau getragenen Heiterkeit ist vielen unheimlich zumute. Einer unter ihnen könnte es tatsächlich gewesen sein.

»Wir haben auf dem Löffel neben der Kaffeedose die Fingerabdrücke der Sekretärin und von Dr. Leim gefunden. Kann Leim ein Mordmotiv gehabt haben?«, erkundigt sich Mary Fischer telefonisch bei Siebel.

»Eigentlich nicht«, entgegnet dieser, »mal abgesehen von den Demütigungen, die er von Hiller ertragen musste. Hiller hat ihn nie ernst genommen. Er hat Leim oft im Beisein anderer in eine Falle tappen lassen und hat sich dann vor Lachen ausgeschüttet über Leims langsam rot anlaufendes Gesicht. Aber wir haben immer geglaubt, Leim steckt das, oder besser, schleimt das weg. Andere hätten sich diese Beleidigungen, die bis ins Persönliche gingen, längst verbeten, auch wenn sie von einem Vorstandsmitglied kommen. Besonders gern hat Hiller den Leim hochgenommen, wenn eine unserer Mitarbeiterinnen, die Satori, dabei war, weil er mal aus einer Äußerung Leims mitgekriegt hatte, dass dieser heimlich in die Satori verknallt ist.« Die Kommissarin wird hellhörig. Sie befragt andere Bankmitarbeiter nach Leim. Diese bestätigen Siebels Schilderung. Mary Fischer stellt fest, dass in der Pförtnerloge am Bankeingang ein Protokoll über Mitarbeiter geführt wird, die die Bank besonders spät verlassen haben oder spät noch einmal wieder betreten wollen. Sie findet eine Eintragung, dass Leim die Bank am Vorabend des Mordes nach 20 Uhr verlassen hat. Zeugen wollen ihn am fraglichen Abend in der Nähe von Hillers Zimmer gesehen haben.

Leim ist fällig. Mary Fischer lässt ihn festnehmen. Sie ist erleichtert, auch wenn Leim noch die Tat leugnet. Das wird sie schon hinkriegen.

Sollte Leim die Tat wirklich begangen haben, dann hätte sie sich für ihn nicht ausgezahlt. Nach dem Tod von Hiller war er zwar zum Abteilungsdirektor und Siebel zum Vorstandsmitglied als Nachfolger von Hiller aufgestiegen. Aber was würde es Leim jetzt nützen.

12 Ein atemberaubender Flug

Siebel hatte den Mittwochnachmittag herbeigesehnt. Er hat sich freigenommen und ist auf dem Wege zu seiner Maschine in Kiel.

Die letzten Tage waren besonders hektisch gewesen. Ein kurzer Flug über Schleswig-Holstein in Richtung Nordsee würde ihn entspannen.

Er bricht mit Kurs 350° auf. Wie lange hatte er es sich gewünscht, mit einer eigenen Maschine alleine fliegen zu können. Schon als Student hätte er gern den Pilotenschein gemacht. Aber zunächst fehlte das Geld und später im Job die Zeit. Erst jetzt hatte er es geschafft, seinen ganzen Jahresurlaub zusammenzunehmen, um die Grundlagen des Fliegens in einem vierwöchigen Crash-Kursus zu lernen.

Auch half die Fliegerei, seinen Gemütszustand zu besänftigen. Schon seit Jahren quälte ihn die Frage nach dem Sinn des Lebens. Beim Fliegen gab es Ablenkung. Auch peinigte ihn vor Hillers Tod, dass es mit ihm beruflich nicht weiterging. Er wollte Vorstandsmitglied werden. Durch einen Ortswechsel hätte er die Möglichkeit gehabt. Doch er wollte den Norden nicht verlassen.

Wogende Kornfelder liegen unter ihm. Mittendrin von hohen Bäumen beschützte Bauernhäuser. Mähdrescher fressen sich voll.

Er erinnert sich an einen Kindheitstraum, den er immer wieder hatte. Er hatte geträumt schweben zu können, wenn er es nur konzentriert wollte. Dabei musste er all seine Kraft auf diesen Willen fokussieren. Dann wurde er leichter, hob mit den Füßen ab, legte sich schwebend sanft vornüber und konnte durch Räume gleiten oder draußen die Landschaft von oben betrachten. Menschen schauten erstaunt auf. Er fühlte sich leicht und frei und von einem magischen Machtgefühl beseelt, das ihn über andere hinweghob.

Die Nordsee kommt in Sicht. Sie liegt im flackernden Sonnenlicht. Siebel fliegt heute mit 3700 Fuß ziemlich hoch. Dort ist der Blick weiter und der Motor läuft wegen der geringeren Luftdichte leiser.

Plötzlich erfasst ihn ein ohrenbetäubender Blitz, reißt die rechte Tragfläche nach oben, schleudert die Maschine herum. Im freien Fall kippt sie zur linken Seite weg.

Siebel zerrt am Steuerhorn und tritt die Pedale, um die Maschine aus der Schräglage zu befreien. Die Cessna dreht sich. Die Flügel jetzt wieder parallel zum Horizont, die Nase aber fast senkrecht zum Boden schießt die Maschine nach unten. Siebel zieht mit aller Kraft das Steuerhorn an sich heran. Allmählich neigt sich die Nase der Maschine wieder nach oben, um sich dann zügig wie nach einer Achterbahntalfahrt aufzurichten. Die Fluglage ist wieder stabil.

Siebels Blut kocht. Er reißt die Lüftung auf, nach Luft ringend. Was tun, damit der Kopf nicht platzt? Erst leise, dann immer lauter werdend fängt er an zu singen. Es kommt ihm erst lächerlich vor, aber dann schreit er es immer wieder heraus, bis er vor Erschöpfung in sich zusammensackt. Mit Mühe findet er die Konzentration für den Heimflug.

Erst später erfährt er von der Flugaufsicht, dass ihm im Abstand von geschätzten 500 Metern eine Militärmaschine vom Typ RF-4E Phantom mit einer Geschwindigkeit von 390 Knoten begegnet war. Die starken Wirbelschleppen der Phantom hätten ihn fast umgebracht.

Entspannung war das diesmal nicht, denkt er.

13 Ertappt

Siebel nimmt in seinem Büro das klingelnde Telefon auf. Mary Fischer meldet sich.

»Ich habe Neuigkeiten. Wie Du weißt, leugnet Dr. Leim nach wie vor und die bisherige Beweislage gegen ihn ist ziemlich dünn. Wir haben aber jetzt etwas. Ich glaube, damit können wir ihn packen. Siebel: »So, was denn?«

»Der Vorstandsvorsitzende der Bank hat uns gegenüber jetzt vertraulich zugegeben, dass die Zimmer der anderen Vorstandskollegen per Kamera überwacht wurden«, berichtet Mary Fischer. »Er gibt Sicherheitsgründe vor; in Wirklichkeit wollte er wohl die Möglichkeit haben zu überprüfen, von wem die anderen Vorstandsmitglieder besucht werden«.

»Ist sowas denn zulässig?«, erkundigt sich Siebel.

»Weiß ich nicht«, entgegnet sie, »zumindest wissen wir jetzt, dass in Hillers Zimmer eine Kamera installiert ist, die aus dem Schrank heraus nicht nur das Arbeitszimmer, sondern auch das Vorzimmer mit der Küchenecke erreicht, wenn die Tür aufsteht. Wir wollen jetzt die Filme auswerten, um zu sehen, ob wir Dr. Leim darauf an dem Abend vor Hillers Tod sehen können. Er müsste allerdings Licht gemacht haben, sonst wäre nichts zu sehen.«

Siebel gratuliert ihr zu der Entdeckung.

Am nächsten Tag nach der Auswertung der Filme steht fest: Dr. Leim war der Täter. Es ist deutlich zu sehen, wie er ein Pulver in die Kaffeedose kippt.

14 Notlandeübungen

Siebel fühlt sich noch immer geschockt von seiner Begegnung mit der Phantom.

Er hat sich für den Sonntagnachmittag mit seinem Fluglehrer vereinbart, um Notlandeübungen zu machen und das Abfangen der Maschine aus nicht stabiler Lage zu trainieren.

Dabei liegt ihm nicht nur daran, sein Wissen aufzufrischen; nach seiner Flugprüfung ist er jetzt 20 Stunden geflogen und da ist ein »Refresher-Lehrgang« durchaus an der Zeit. Er will auch die Angst vor dem Wiederbesteigen der Maschine bekämpfen. Wenn er jetzt nicht gleich weiter macht, lässt ihn die Angst nie mehr los.

Die Sportmaschine steigt bis auf 4000 Fuß. »Jetzt ziehen bis zum Überziehwarnton, Gas raus«, ordnet Heitmann an. Siebel zieht das Steuerhorn ganz zu sich heran. Steil steigt die Maschine nach oben, immer mehr an Fahrt verlierend. Die Sonne quält die Augen. Der Überziehwarnton plärrt, ein rotes Lämpchen am Armaturenbrett blinkt auf. Kaum noch Strömung liegt an den Tragflächen, kurz vor dem Absturz. »Jetzt«, sagt Heitmann.

Siebel schiebt den Gashebel auf Vollgas, drückt das Steuerhorn mit aller Kraft nach vorn und versucht mit dem Seitenruder auszugleichen.

Die Nase der Maschine neigt sich allmählich, dann schneller, bis das Flugzeug an Fahrt gewinnt, rasend schnell wird. Fast senkrecht nach unten zeigt jetzt die Nase; Siebel steht beinahe aufrecht in der Maschine, auf die näherkommende Landschaft schauend. Jetzt abfangen, Steuerhorn leicht ziehen, ausgleiten lassen, geschafft!

»Sie machen jetzt noch ein Paar Notlandeübungen. Fliegen Sie Kurs 85° und warten Sie auf meine Anweisungen«, ruft Heitmann gegen den Lärm.

Nach einer Weile wieder Heitmann:« Unterstellen Sie, es ist Motorausfall. Was würden Sie im Notfall jetzt machen?« Siebel zieht das Gas raus und spult das gelernte Programm ab: »Gemisch arm, Brandhahn aus, Zündung aus, Nase leicht nach unten. Bei 65 Knoten ohne Klappen ist bestes Gleiten und gibt die meiste Zeit zum Landen. Geeigneten Platz zum Landen aussuchen.«

»Wie muss die Landefläche aussehen?«, setzt Heitmann sein Abfragen fort. Siebel: »Sie muss gegen den Wind gerichtet sein. Auf dem Acker dürfen sich keine Hindernisse wie Zäune, Kühe, Hochleitungsmasten befinden.

Die Bahn muss lang genug und das Feld darf nicht frisch gepflügt sein. Auch ein Kornfeld ist schlecht, möglichst eine platte Wiese aussuchen.«

»Und das Ganze zügig. Sie haben nicht viel Zeit«, ergänzt Heitmann.

Siebel sucht nach einem geeigneten Acker. Verdammt, das ist gar nicht so einfach. Pferde, Kühe, ein Zaun, ein Knick, tiefe Ackerfurchen, überall Hindernisse, im Ernstfall tödliche Gefahren, und der Boden kommt näher. »Sie müssen sich entscheiden, Sie haben keine Zeit mehr«, knurrt Heitmann.

Unter ihnen rauscht die Landschaft vorbei. Siebel dreht in eine 360° Kurve ein. Die Wiese da unten müsste reichen, denkt er, der Wald am Ende ist weit genug weg; die Windrichtung stimmt auch. Also runter.

Im Bogen lenkt er die jetzt immer langsamer

werdende Maschine nach unten. Die Wiese liegt vor ihnen. Auf dem Nachbarfeld wird geerntet. Die Leute reißen die Arme hoch.

Siebel lässt die Maschine in zwei Metern Höhe über den Boden gleiten, der Wald kommt näher. »Wollen Sie uns hier in Ameisenkniehöhe verrecken lassen«, dröhnt Heitmann, »sehen Sie nicht den Wald. Los, hoch die Kiste. Vollgas!«.

Gashebel rein, Vollgas, die Maschine zieht steil nach oben, streift leicht eine Baumkrone und befreit sich wieder in die Höhe. »Das war knapp, Mensch«, poltert Heitmann, »der Acker war doch viel zu kurz.« Siebel schweigt betreten. »Los«, fordert Heitmann ihn auf, »das Ganze nochmal.« Der zweite Versuch wird besser und beim dritten ist Siebel richtig stolz auf sich. Kein Kommentar von Heitmann, ein gutes Zeichen. Auf dem Rückflug zum Kieler Flugplatz fragt Heitmann ihn weiter ab: »Was tun Sie, wenn unter Ihnen kein geeignetes Feld verfügbar ist, sondern nur Wald?«

»Ich begreife die Oberfläche des Waldes als Landefläche«, antwortet Siebel, »um ein Überschlagen zu verhindern, muss ich extrem die Geschwindigkeit drosseln und der Maschine Gelegenheit geben, sich mit dem hinteren Teil zuerst in die Bäume zu setzen.«

Nach kurzem Schweigen fragt Siebel: »Glauben Sie wirklich, dass das mit dem Wald gut gehen kann.« »Sie müssen daran glauben«, entgegnet Heitmann, »dann geht das auch. Bei den Kleinfliegern funktioniert das. Dabei verletzt sich keiner, wenn er es richtig anfängt. Zu Verletzungen kommt es höchstens, wenn man aussteigt und vom Stängel fällt.«

Der Flug hat Siebel gutgetan. Er fühlt sich innerlich wieder ruhiger.

II. Teil

15 Ein neues Leben

In seiner Wohnung angekommen läutet das Telefon. Mary Fischer meldet sich: »Mein Gott, da bist Du ja, ich fürchtete schon, Dir sei was passiert. Hattest Du Dein Handy nicht dabei?«

»Nein«, sagt Siebel, »alles ist gut. Ich habe nur einige Flugübungen gemacht.«

»Dann ist ja gut«, entgegnet Mary, »denn Du wirst Papa, ich bin schwanger und Du wirst mich heiraten. Alles klar?«

Siebel hatte sich immer für einen nervenstarken Menschen gehalten. Jetzt fällt er in seinen Sessel, verliert den Telefonhörer aus der Hand und überlegt, wie viel ein Mensch wohl an einem Tag verkraften kann.

Er greift schnell wieder zum Hörer. »Ich bin unendlich glücklich«, haucht er, »und wir werden heiraten. Ich liebe Dich.«

16 Die feine Gesellschaft

Das Ehepaar Siebel gibt sich die Ehre. Eine lange Reihe schwerer Limousinen rollt über die Zufahrt zum Siebel'schen Haus in Blankenese, einem der aufwändigeren Häuser hoch oben über der Elbe. Grün lasierte Ziegel beschützen das Dach. Die helle Fassade mit eindrucksvollem Säuleneingang leuchtet weithin. Der Blick auf die großen Schiffe, die auf der Elbe vorbeiziehen, ruft romantisch verklärte Träume nach fernen Ländern wach.

Mit der Feier soll nicht nur der Berufung von Siebel in den Vorstand der Nordländer Bank AG als Nachfolger Hillers sowie der Einweihung des neuen Hauses Rechnung getragen werden; die Einladung dient auch der Einführung des Ehepaares Siebel in die etwas bessere Gesellschaft von Hamburg, weit entfernt allerdings, von Hamburgs bester Gesellschaft auch nur wahrgenommen zu werden. Zumindest gelang es den Siebels, einige periphere Teile des Hamburger Pfeffersackadels, der Medienzunft, der Banken- und Versicherungsgarde und einige bunte Irrlichter aus der Theater- und Modeszene ans heimische Buffet zu locken, wobei auch eine gewisse Neugier auf das Paar eine Rolle spielte, denn die Verbindung des Bankdirektors mit der Kommissarin hatte die örtliche Klatschpresse nicht unerwähnt gelassen.

Man hatte den besten Partydienst am Orte beauftragt. Mary Siebel liegt daran, einen gewissen Stil zu pflegen. Dies sollte sich jedenfalls von Festen ihrer frühen Jahre unterscheiden, bei denen Bekannte zur Einweihung ihres schmalen Reihenhauses auf die Einladung geschrieben hatten: »Grillgut Ihrer Wahl ist mitzubringen.«

Wolf Siebel begrüßt seine Gäste mit einer kleinen Rede:

»Ich freue mich, meine lieben Gäste«, sagt Wolf Siebel, »mit Ihnen Menschen begrüßen zu dürfen, die noch geistig hungrig geblieben sind auf die Wahrnehmung und Mitgestaltung kultureller und politischer Veränderungen, Seismographen gesellschaftlichen Wandels, sensibel für das Begreifen der alten und einer neuen Welt. Sie sind eben nicht in jenen Konsumrausch abgerutscht, bei dem es nur noch um die Mehrung des Geldes und das Erhaschen der neuesten Art der Genusssteigerung geht. Liebe Gäste, meine Frau und ich freuen uns auf diesen Abend und auf angeregte Gespräche mit Ihnen. Vielen Dank!«

Etwas irritiert klatschen die Gäste Beifall. Wie hat er das jetzt gemeint?

»Warum machst Du das?«, zischt Mary Siebel ihren Mann an, »statt unsere Gäste herzlich willkommen zu heißen, überzieht Du sie mit Sarkasmus.«

»Mary, das siehst Du falsch«, verteidigt er sich, »Loben ist immer gut. Jemand, der andere lobt und sie hochhebt, so dass sie plötzlich selbst Achtung vor sich haben, wird gemocht.«

17 Die Geburt

Die im freundlichen Hellgelb getünchten Wände können Wolf Siebels Aufregung auch nicht dämpfen. Es ist 22 Uhr und er ist jetzt der einzige im Warteraum für werdende Väter in der Universitätsfrauenklinik.

Mary Siebel liegt im Kreißsaal. Sie versucht, auf die in immer kürzeren Abständen heranwallenden Wehen mit den gelernten Atemübungen zu antworten.

Die werdenden Eltern waren sich einig: Wolf Siebel sollte bei der Geburt dabei sein.

Der Oberarzt hatte ihn ins Wartezimmer geschickt. »Wir holen Sie, wenn es soweit ist«, hatte er gesagt, »bis dahin können Sie noch Ihre Nerven schonen.«

Hatte der das jetzt ironisch gemeint? überlegt Wolf Siebel. Seine Anspannung erscheint ihm wie die Saite einer Geige kurz vor dem Zerreißen.

Draußen ist es schon dunkel; durch das Fenster des Warteraums sieht er einen Himmel voller glitzernder Sterne.

Die Bewunderung seiner Frau für den Sternenhimmel hatte er bisher noch nicht richtig teilen können. Ihre Kenntnisse waren erstaunlich. Bei sternenklarer Nacht konnte sie ihm stundenlang begeistert etwas über die Namen der Sterne, ihre Entfernung zur Erde, über Fix- und Doppelsterne, extragalaktische Systeme, über das Geheimnis der Quasare und Pulsare erzählen.

Wenn er auch nicht viel davon verstand und seine Gedanken ins Träumen abglitten, empfand er es einfach als schön ihr zuzuhören und von der Terrasse ihres Hauses aus in den Sternenhimmel zu schauen.

Fasziniert sprach Mary Siebel über Entfernungen im All.

Die Entfernung der Sonne zur Erde beträgt 150 Millionen Kilometer. Diese Distanz haben sich die Astronomen zur Entfernungseinheit, zur Astronomischen Einheit (AE), gewählt. Der Radius des Sonnensystems beträgt 40 AE.

Das Licht der Sonne braucht 8 Minuten, um die Erde zu erreichen. In einem Jahr legt das Licht 9 Billionen Kilometer zurück, ein Lichtjahr. Die Entfernung zum nächsten Fixstern beträgt 3 Lichtjahre.

Siebel fühlt sich ziemlich klein bei dem Gedanken an diese Zahlen.

Und Zeit. Wie lächerlich erscheint unser tägliches Abhetzen angesichts zeitlicher Dimensionen im All.

Der Mond ist übersät mit Kratern. Warum habe ich in meinem Leben noch von keinem Aufschlag eines Meteoriten auf den Mond gehört, hatte Siebel einmal seine Frau gefragt. Ist die Zeit dafür vorbei?

Die Lebensdauer des Mondes in seiner heutigen Gestalt beträgt mindestens 4 Milliarden Jahre. Bei etwa 40.000 Mondkratern müsste durchschnittlich alle 100.000 Jahre ein Meteorit einschlagen. Es ist also nichts Besonderes, wenn er in seinem Leben noch nichts von einem Aufschlag gelesen hat, erklärte ihm Mary Siebel.

Und was spielt sich da oben eigentlich ab? Geht die Ausdehnung des Universums immer weiter? Oder kommt sie irgendwann zum Stillstand, weil die Gravitation die Oberhand gewinnt? Oder ist die Gravitation gar irgendwann so stark, dass das Universum zusammenstürzt, zu einem Kern oder zu Galaxien, die an einem Zentrum vorbeirasen? Und ist dieser Wechsel vom Auseinanderdriften zum Zusammenstürzen ein einmaliger Vorgang oder wiederholt er sich in Zyklen von 50 oder 60 Milliarden Jahren, so dass ein sterbendes Universum ein neues gebiert?

Gedanken rasen ihm durch den Kopf. Was bringt die Beschäftigung mit dem Universum? Macht sie gelassener, weil man sich der Relation der Alltagsprobleme zum Ganzen bewusst wird? Wenn es so wäre, könnte allein aus diesem Grunde die Beschäftigung mit diesen Dingen sinnhaft sein, ganz abgesehen davon, dass der Mensch hoffentlich nicht nur eine auf Reize reagierende Maschine ist, sondern nach dem Sinn fragt und dem Was ist dahinter?'

Und dennoch, denkt Siebel, das Wissen um die Zusammenhänge des Universums und die Unendlichkeit des Alls hilft nur vorübergehend. Bei der nächstbesten abwertenden, die eigene Person betreffenden Bemerkung eines Menschen, den man liebt oder von dem man abhängig ist, bricht die Gelassenheit weg und Emotionen kochen hoch.

Und ist das nicht auch gut so? fragt sich Siebel. Hält uns das nicht doch am Leben? Ohne die Säfte, die in uns kochen wie Besitztrieb oder Fortpflanzungstrieb wäre es auch verdammt langweilig.

Eine Welt in totaler Friedfertigkeit kann es sowieso nicht geben, denn jede Bewegung des einen kann den anderen behindern und wollte man die Bewegungen regulieren in der Art, dass sie keinem weh tun, würde man die größte Unfreiheit überhaupt schaffen.

Friedfertigkeit untereinander muss vor allem auch vom Kopf herkommen, findet Siebel. Die Leute müssen einsehen, dass es anders nicht geht, und dabei, das einzusehen, könnte ihnen die Religion helfen. Was hilft eine Religion den Menschen, die das nicht leistet?

Nein, überlegt Siebel jetzt, die Astronomie kann uns schon hinführen zur Demut. In dem wir erkennen, welch kleine Ameisen wir sind, die ohne Friedfertigkeit nicht auskommen, lernen wir, dass jeder seine Pflicht tun muss. Siebel ist von dem Gedanken beseelt, dass keiner das Recht hat, sich über andere zu erheben.

Siebel ist praktisch veranlagt. Eine Reflektion dieser Gedanken mit früheren Empfindungen und Handlungen kommt ihm nicht in den Sinn. Er ist, wie er sich selbst einmal vor Kollegen bezeichnet hat, ein »guter Verdränger«, dem es gelingt, frühere Kapitel seines Lebens weitgehend hinter sich abzuschließen.

Er hat jetzt nur eine Sorge. »Gott, lass es meiner Frau gut gehen und lass sie ein gesundes Kind zur Welt bringen«, betet er. Vor Mary hat er keine Frau geliebt wie sie. Sie ist alles für ihn.

»Es ist so weit«, schreckt ihn die Krankenschwester heraus aus seinen Gedanken, die ihn beinahe wie Fieberträume geschüttelt haben.

Die Schwester geleitet ihn in den Kreißsaal. »Gehen Sie ans Kopfende des Bettes und drücken Sie ihrer Frau die Hand. Es geht gleich los!«, sagt ihm der Oberarzt.

Wolf Siebel folgt der Anweisung mit weichen Knien. Er ergreift ihre Hand und setzt sich neben sie. Er gibt ihr einen Kuss und sagt, um sie zu beruhigen: «Du hast es bald geschafft.«

Nur ihr Gesicht ist seinen Blicken zugänglich. Ein wie eine spanische Wand gespanntes hell-grünes Laken versperrt ihm den Blick auf ihren Körper und das Treiben des Arztes und der Schwester. Das beruhigt ihn etwas; er war sich vorher nicht darüber im Klaren, welche Bilder auf ihn zukommen würden; deshalb hatte er sich den Sichtschutz gewünscht.

Erneut reicht die Schwester der Gebärenden die Maske mit dem Betäubungsgas und tupft ihr den Schweiß von der Stirn, nimmt ihr aber kurz darauf die Maske weg, damit sie nicht ganz die Besinnung verliert. Denn jetzt geht es ans Pressen. Der Kopf des Kindes ist schon sichtbar. Bei jedem Pressen seiner Frau erscheint es Wolf Siebel, als zerspränge gleich ihr Kopf. Sie krallt sich in seine Hand. Er hat das Gefühl, selber mit pressen zu müssen. Das Kind ist da. Joana ist geboren, ein gesundes Mädchen mit schwarzem Haarflaum auf dem Kopf. Wolf Siebel fällt auf die Knie, küsst seine Frau. Ihre Tränen mischen sich.

18 Wie man eine Bank macht

Anna Satori schlägt ihre Beine ganz langsam übereinander, so dass dem ihr an seinem Schreibtisch gegenübersitzenden Wolf Siebel die Luft wegbleibt.

Krampfhaft versucht er nicht hinzusehen.

»Ich komme mit einem Vorschlag, Herr Siebel«, beginnt die frischgebackene stellvertretende Leiterin der Kreditabteilung das Gespräch. »Ich habe ihn hier schriftlich formuliert, möchte ihn aber vorab mündlich erläutern.« Sie übergibt Siebel eine mehrseitige Ausarbeitung.

Siebel hatte für ihre Beförderung gesorgt. Er war von ihrer Intelligenz, Durchsetzungsstärke und Umsicht überzeugt. Er wollte jedenfalls nicht so sein wie ein Vorstandsmitglied, das in einer von Siebel mitgehörten Unterhaltung mit einem Vorstandskollegen gesagt hatte: »Wissen Sie, warum ich den Herrn Vollblatt zum Abteilungsleiter gemacht habe? Also, erstens ist er ziemlich schlau und zweitens, und das ist mir eigentlich viel wichtiger, wenn ich zu dem sage, er soll aus dem Hundenapf fressen, dann tut der das auch!«

»Wir brauchen für unser Geschäft mehr Flexibilität«, setzte Anna Satori nach. »Bisher muss jedes Geschäft von Ihnen oder bei größeren Summen vom Vorstand genehmigt werden. Das macht uns zu langsam. Sie sind oft auf Dienstreise und wir können auf günstige Marktchancen nicht reagieren. Wir brauchen eigene Kompetenzen für die Mitarbeiter. Dies fördert die Eigeninitiative, die Eigenverantwortung der Mitarbeiter und ist die Voraussetzung dafür, dass wir mehr Ertrag mit diesem Geschäft erzielen. Wie sie wissen, haben wir das bitter nötig.«

Siebel will etwas einwenden, aber energisch setzt sie fort: »Damit noch nicht genug. Wir müssen auch etwas tun, um gute Leute anwerben zu können und auch, damit gute Leute uns nicht in Richtung Frankfurt oder ins Ausland fortlaufen. Wir müssen die Mitarbeiter besser bezahlen. Insbesondere muss das Gehalt mehr an dem orientiert sein, was der Einzelne für die Bank an Ertrag hereinholt.«

Auch als Siebel diesmal Luft zum Antworten pumpt, kommt er nicht zum Zuge. Anna Satori holt noch einmal zu einem etwas tiefer zielenden Schlag aus: »Sie wissen, dass wir alle in Ihnen ein großes Vorbild sehen, das hergebrachte Verhaltensmuster über Bord wirft und uns voranbringt.«

Meine Güte, denkt Siebel, die kann doch nicht hier mit hautengem Pullover aufkreuzen, ohne BH drunter. Mühsam versucht er sich zu konzentrieren.

Wolf Siebel hatte sein Vorstandsamt angetreten mit dem Ehrgeiz, aller Welt, zumindest der ihn näher umgebenden, zu zeigen, »wie man eine Bank macht.« Er wollte aufräumen, vorantragen, zu Eigeninitiative motivieren und nicht satt im Sessel sitzend Dinge auf sich zukommen lassen.

Die Konkurrenz unter den Banken ist hart. Die Gewinnspannen werden immer enger. Geld lässt sich richtig nur in Nischen und auf neuen Feldern verdienen. Nischen werden aber auch von anderen schnell entdeckt. Und neue Felder bedeuten neue, bisher noch nicht gekannte Risiken.

Er muss neue Geschäftsfelder beschreiten. Das erwartet man von ihm. Dem verdankt er seine Berufung in den Vorstand. In ihm sah man jetzt den richtigen Mann für die Erneuerung und den Aufbruch zu neuen Ufern.

Aber wenn er ehrlich zu sich war, er hatte Angst.

Er hatte inzwischen eine angesehene gesellschaftliche Stellung. Das Haus in Blankenese und das noch hinzuerworbene Ferienhaus in Kampen auf Sylt waren hoch mit Darlehen von der Bank belastet. Er konnte und wollte sich keinen Absturz erlauben.

Wie hatte er es früher gehasst, wie sich der Vorstand verhielt. Es schien ihm als wäre es denen egal, ob sie etwas bewirken. Viel wichtiger ist der Machterhalt. Nicht derjenige Mitarbeiter wird angehört und hat Erfolg, der neue Ideen hat und in seinem Fachbereich besonders gut ist. Einen guten Fachmann lässt man sowieso nicht aufsteigen; der würde ja eine Lücke hinterlassen. Ganz nach oben hochgehoben werden nur »allgemein verwendbare« Leute oder vorgeschickte Kamikazejäger, die neues ausprobieren sollen und die man an der Front notfalls verheizen kann.

Als Vorstand entwickelt man ein Gefühl für Machtstrukturen in der Bank und für Seilschaften. Bei der Nordländer Bank ist z.B. der Vorstand des Vereins der leitenden Angestellten eine solche Seilschaft; wer nicht dessen Segen genießt, hat es auch beim Vorstand schwer.

Und bloß nicht mit Vorstandskollegen anlegen. Man braucht sich ja immer wieder. Ich hau' ihn nicht in die Pfanne, wenn er eine Pleite zu vertreten hat, dann tut er das hoffentlich bei meiner nächsten Pleite auch nicht.

Beziehungen pflegen, keinen verletzen, den man noch braucht, Koalitionen eingehen, das ist Vorstandsarbeit.

Und wenn es nicht anders geht, wenn etwas Neues kommen muss, dann soll das doch bitte eine externe Consulting-Firma sagen, die man im Zweifel vor dem Aufsichtsrat für Pannen verantwortlich machen kann. Den Beratern wird man schon sagen, wo sie langlaufen sollen. Siebel meint, in seinem Leben etwas gelernt zu haben: Folge deinem ersten Impuls. Er hat bei Entscheidungen oft spontan ein Gefühl gehabt für die richtige Richtung. Später hat er es dann durch Argumente verdrängt, um letztlich festzustellen: das erste Gefühl war richtig.

Sein erster Impuls jetzt ist: Der Vorschlag

von Anna Satori kann gefährlich für ihn werden. Sie ist heiß darauf, Geschäft und Ertrag zu machen. Aber ist sie und sind die anderen Mitarbeiter auch cool genug, bei einem Geschäft auch einmal nein zu sagen.

Ich muss ihr vernünftige Gründe geben, dass sie es selber einsieht, denkt Siebel.

»Wollen Sie wirklich englische oder amerikanische Verhältnisse bei uns haben«, fängt er an. »Sie kennen doch Ihre Londoner Kollegen. Die sind spätestens mit 45 Jahren verbraucht und können, wenn sie Glück haben, von da an nur noch Golf spielen.

Und bedenken Sie auch: die haben zwar die Chance, das große Geld zu verdienen, aber die haben Arbeitsverträge, die es erlauben, sie von heut auf morgen auf die Straße zu setzen. Das ist mit unserem Recht gar nicht vereinbar.

Und noch was: Das Londoner System macht die Leute gewissenlos. Sie arbeiten jeweils nur für den Profit eines Jahres, ohne darauf zu achten, ob die Bank oder Kunden langfristig Schaden nehmen. Wenn es in die Hose geht, kann man ja bei der nächsten Bank anheuern.

Und ein letztes will ich Ihnen noch sagen: Solange ich jedes Einzelgeschäft genehmige, decke ich Sie, wenn etwas schiefgeht. Wenn Sie aber in Eigenkompetenz handeln, geht es Ihnen im Ernstfall an den Kragen. Und mir sägt man trotzdem die Beine ab, wenn Sie Verlust machen, weil ich ja nach wie vor die Verantwortung trage.«

Er spürt Anna Satoris Enttäuschung. Aber er redet sich ein: Emotional wäre ich ja vielleicht auch auf ihrer Seite, aber hier muss die Vernunft obsiegen. Gefühle haben hier keinen Platz.

Anna Satori weiß, dass es jetzt erst einmal keinen Sinn macht weiterzukämpfen.

Ich muss einen anderen Hebel finden, denkt sie und wendet sich zur Tür.

»Ich bin übrigens mit Ihrer Arbeit und Ihrem Engagement sehr zufrieden«, besänftigt Siebel, »ich werde sehen, was sich machen lässt, um Sie für Ihren Einsatz zu belohnen.«

19 Fluchtburg

Ihr Malpapier flattert im Wind, sie befestigt es mit Klammern am Papierblock. Mary Siebel schaut von einer hochgelegenen Düne aus über das offene Meer.

Während die kleine Joana von der Kinderfrau betreut wird, fängt Mary Siebel Himmel, Meer und Dünen, Strandhafer, Buschrosen, vorbeiziehende Wolken mit Malfarbe ein.

Als ihr Mann ihr einmal beim Malen bewundernd über die Schulter geschaut hatte, wollte sie ihn überreden, mit ihr gemeinsam während der Ferien auf Sylt an einem Malkursus teilzunehmen. Er war tatsächlich interessiert. Als sie ihm aber auf dem Wege zum Kurhaus die Einladung zeigte und er las: »Die Damen werden gebeten, ihr Malzeug selbst mitzubringen«, war er auf der Hacke wieder umgekehrt.

Immer öfter zieht es sie jetzt in ihr Ferienhaus auf Sylt und in die Dünen. Hätte Wolf Siebel noch seinen Pilotenschein, könnte er sie öfter rüber fliegen. Aber er hat kein Interesse mehr am Fliegen und so nahm sie die zweistündige Autofahrt von Hamburg nach Sylt in Kauf. Siebel hatte das Fliegen genossen, um sich zu entspannen und manchmal auch, um Frust abzubauen. Mit seiner geliebten Familie und der erreichten beruflichen Stellung brauchte er das so nicht mehr.

Sie sitzt aufrecht auf ihren Knien und beginnt ein neues Bild mit dem Malen der Wolken. Die Silhouette ihrer schönen Brust wird vom Gegenlicht der Sonne umschmeichelt.

Die Ähre eines Strandhafers, der sich im Wind wiegt, kitzelt sie am Rücken.

Sie erinnert sich, wie Wolf sie einmal in den Dünen sanft mit einem Strandhafer gestreichelt hatte, erst ihre Brüste, dann tiefer gehaucht, Atem anhaltend tiefer.

Zuerst malt sie das Blau zwischen den Wolken: Ultramarinblau, Coelinblau mit etwas lichtem Ocker. Die Ränder verwischt sie mit etwas Wasser.

Ein paar Pinselstriche mit derselben Farbmischung über den Horizont. Auf dem angefeuchteten Papier zerfließt die Farbe zu weichen Formen.

Nachdem die blauen Flächen getrocknet sind, entstehen die Schattenseiten der Wolken, mit einer Mischung aus Grau und Ocker, viel Wasser.

Die Ränder feuchtet sie wieder an: die Schatten der Wolken verschmelzen mit den angeleuchteten Flächen.

Beim Malen ist sie voll konzentriert. Die Wahl der richtigen Farben, die beste Mischung, der Aufbau des Bildes.

Sie nimmt das Blatt und schwenkt es zum Trocknen ein wenig hin und her. Da reißt ihr ein Windzug das Blatt aus der Hand und trägt es durch die Luft tanzend in eine Sandmulde nahe bei.

Sie läuft dorthin, um das Blatt einzufangen und stößt auf einen in der Mulde liegenden jungen Mann, dessen braungebrannter muskulöser Oberkörper in der Sonne glänzt. Lächelnd gibt er ihr das Malblatt. Seine dunklen Augen verschlingen sie. Mary Siebel weicht verwirrt zurück.

Eilig packt sie ihre Sachen zusammen und macht sich auf den Weg zu ihrem Haus. Sie wird das Gefühl nicht los, dass jemand sie verfolgt. Mehrmals dreht sie sich um. War das nicht der junge Mann von der Düne mit seinen schwarzen welligen Haaren?

Im Haus angekommen überprüft sie eine in ihrem Nachttisch neben dem Bett liegende Pistole; sie ist geladen.

20 Frühe Heimkehr

Der Wagen wird kräftig durchgeschüttelt. Orkanartiger Wind bedrängt den Autoreisezug nach Sylt. Eine hohe Welle schlägt gegen den Bahndamm. Gischt klatscht ans Autofenster. Wolf Siebel schrickt hoch. Er liegt zurückgelehnt im Autositz und blickt in am Himmel vorbeifetzende Wolken. Düstergraue Massen verschieben sich in rasender Eile. Eine Möwe lässt sich vom Wind tragen.

Er freut sich auf Mary und Joana. Von einer London-Reise ist er früher als geplant zurückgekehrt. Den letzten Termin hatte er abgesagt, um auf einen früheren Flieger umbuchen zu können. Nach drei Tagen London fühlt er sich ausgelaugt. Von morgens bis abends Besuche bei Banken. Mittags und abends eine Einladung zum Essen. Dauerregen, keine Bewegung. Und jetzt Sylt. Entspannung, hängen lassen.

Mary wird sich sicher freuen, denkt er. Sie hatte erst morgen, am Sonnabend mit ihm gerechnet.

Immer weniger Zeit bleibt ihm für die Familie. Mary war stiller geworden in letzter Zeit, ihr herzliches Lachen seltener.

Er wird die Zeit nutzen, um mit ihr am Wochenende lange Spaziergänge zu machen. Um die Hörnumer Odde; vielleicht hatten der Sturm und die Wellen schon wieder etwas von der Insel mit ins Meer gerissen. Oder sie würden einen ihrer Lieblingswege nehmen, von ihrem Haus an der Wattseite von Kampen aus zur Braderuper Heide. Sie haben Zeit sich auszusprechen, Pläne zu schmieden.

Mary wird von Joana erzählen und von ihren Bildern.

Die asphaltierte Straße, die zu ihrem Haus führt, endet und geht in einen Sandweg mit tiefen Schlaglöchern über. Der Wagen wiegt sich langsam hindurch, bis hin zum im Dunkeln liegenden Haus.

Alles schläft schon, nirgendwo brennt Licht im Haus. Er schleicht sich hinein.

Sie können sich morgen sehen, er will jetzt keinen mehr wecken.

Mary Siebel hört im Halbschlaf Schritte auf das Schlafzimmer zukommen.

Durchzuckt von Angst richtet sie sich auf, greift zur Pistole.

Wolf betritt im Dunkeln das Schlafzimmer. »Bleiben Sie stehen. Was wollen Sie?«, schreit Mary Siebel.

Er geht weiter auf sie zu, glaubt, sie würde ihn erkennen und mache einen Scherz.

Mary Siebel schießt, einmal, zweimal. Wolf wirft sich auf das Bett.

Sie macht Licht und läuft, ihn erkennend, in panischem Entsetzen zu ihm, richtet seinen Oberkörper auf, hält ihn fest in den Armen.

»Warum hast Du denn nichts gesagt«, fleht sie ihn an.

»Es ist alles gut, Du hast mich nicht getroffen. Ich hab' Dich lieb.«

Sie umschlingen sich.

21 Karl und der Adler

Joana war herangewachsen, sie ist jetzt 7 Jahre alt.

Wie sie es oft macht, fragt sie am Abend ihren Papa, ob er ihr noch eine Geschichte erzählt. Es ist Wochenende und Wolf Siebel hat Zeit.

»Weißt Du was, ich habe mir etwas Neues ausgedacht. Es sind Erlebnisse eines kleinen Jungen mit einem Adler. Hast Du Lust darauf?«

»Oh ja«, sagt Joana, »erzähl!«

Wolf Siebel kramt einige Notizen hervor und beginnt:

Der Große Vogel

Ein kleiner Junge, er heißt Karl, beobachtete einen schönen großen Vogel. Er bewunderte seinen sanften, aber auch kühnen Flug durch die Lüfte. Da fragte Karl den Vogel: »Würdest Du mich einmal mitnehmen, wenn Du fliegst, nur für einen kurzen Augenblick? Du bekommst dafür auch etwas Leckeres zu fressen.« Der Vogel überlegte und krächzte: »Was gibt es denn zu fressen?« Und Karl antwortete: »Leckeren Entenbraten,

*den hat meine Mama gemacht.« Und der Vogel
sagte: »Na gut, dann her damit!«. Karl brachte ein
Stück vom Entenbraten. Da packte der Vogel mit
seinen Krallen den kleinen Karl von hinten an den
Hosenträgern. Der Vogel krächzte: »Füße hoch!«
Da nahm Karl die Füße hoch und sie schwebten.
Sanft flogen sie über die Erde. Unter ihnen war
eine blühende Wiese. Und es blühten das Veilchen,
die Schlüsselblume, das Buschwindröschen, der
Bärlauch und der Seidelbast. Karl jubelte: »Oh, ist
das schön!« Und dann sah er, ei was ist das: ein
Reh. Es schaute und nieste und lief schnell weg.
Über der blühenden Wiese schwirrten viele Bienen. Dabei dachte Karl an einen Freund, der ihm
erklärt hat: »Warum summen Bienen? – Weil sie
den Text nicht können? Nein, damit sie nicht zu-
sammenstoßen!«*

*Sie landeten und Karl war begeistert. Es war der
Beginn einer großen Freundschaft.*

»Das war die erste Geschichte, magst Du
noch mehr hören?«, fragt Wolf Siebel seine
Tochter.

»Oh ja, Papa. Bitte mach weiter!«

»OK«, sagt der Papa, »Dann die zweite Geschichte«.

Aaron hilft

Karl saß auf einer Bank im Garten seiner Eltern. Der große Vogel schwebte heran, setzte sich neben Karl und sagte: »Übrigens, ich bin ein Adler und heiße Aaron«. Aaron war ein besonders großer Adler, größer als andere Adler. Und Karl nannte auch seinen Namen.

Plötzlich hörten sie einen »Hilfe«-Schrei vom Nachbargrundstück. Es war ein kleiner Junge aus der Nachbarschaft, der oben in einem Baum festhing. Er hieß Frederik. Er wollte ein Mädchen in der Nachbarschaft beobachten. Sie ging mit ihm in den Kindergarten. Er mochte sie sehr. Sie hieß Luisa. Sie hatte rote Wangen und große Augen. Sie wollte immer alles wissen. Aber sie war immer ein wenig traurig.

Warum war Luisa traurig? Frederik wollte es wissen und kletterte auf einen hohen Baum in seinem Garten. Und da sah er: Luisas Mama saß in einem Rollstuhl. Sie war krank. Das tat Frederik leid.

Er wollte den Baum wieder herunterklettern, zu Luisa gehen und sie trösten. Aber da blieb er an einem Ast hängen. Der Ast hatte sein Hemd aufgeschlitzt und das Loch wurde immer größer.

Er schrie: »Hilfe«. Das hörten Aaron und Karl. »Wir müssen Frederik helfen«, sagte Karl. Aaron sagte: »Gut, das machen wir.« Er flog zu Frederik und packte ihn an der Hose. Dann trug er ihn in den Garten von Karl.

Karl sagte zu Frederik: »Weißt Du was, manche haben Schwein, Du hattest Adler.«

»Magst Du noch zuhören?«, fragt Wolf Siebel seine Tochter. »Oh ja«, antwortet diese. »Gut«, sagt Siebel, »zwei Geschichten habe ich noch, dann musst Du aber schön schlafen.«

Aarons Tochter

Karl sagte zu Aaron: »Das war toll, dass Du Frederik geholfen hast. Kann ich auch einmal etwas für Dich tun?« »Das kannst Du«, antwortete Aaron. »Meine Tochter ist krank. Nachdem sie gegen ein Auto geflogen ist, lässt sie einen Flügel hängen«. »Bring sie her. Wir helfen ihr«, erwiderte Karl.

Und so geschah es. Aaron flog los und brachte seine Tochter Ariane. Die fiepte kläglich, weil sie Schmerzen im rechten Flügel hatte. Karl wickelte zusammen mit seiner Mutter die kleine Ariane in ein Tuch und legte sie in einen Korb. Dann fuhren sie zu einer Tierklinik. Im Wartezimmer der Klinik waren lauter kleine Patienten, unter anderem ein Dackel mit Rückenschmerzen und ein Welpe, der an den Tierarzt gewöhnt werden sollte (einmal anfassen und dann Leckerli), damit er später nicht so viel Angst vor dem Tierarzt hatte.

Karl hatte Sorge, dass die Behandlung der Tierklinik viel Geld kosten würde. Er hatte sich schon vorgenommen, bei den Nachbarn sammeln zu gehen, vor allem bei Frederiks Eltern, denn Aaron hatte Frederik ja gerettet. Aber als sie vom Tierarzt zur Behandlung aufgerufen wurden, erklärte dieser, dass die Behandlung von Wildvögeln kostenlos für die Überbringer der kranken Tiere ist. Die Tierärzte erhalten dann etwas von öffentlichen Stellen.

Als der Tierarzt Ariane untersuchte, zitterte sie. Dann wurde eine Röntgenaufnahme gemacht und Ariane bekam entzündungshemmende Mittel und Schmerzmedikamente. Der Tierarzt sagte: »Der Vogel hat ein gebrochenes Schlüsselbein. Das kriegen wir wieder hin. Aber das dauert. Etwa 6 Wochen muss der Vogel hierbleiben. Wir rufen Sie an, wenn Sie ihn wieder abholen können.«

Aaron war traurig. Aber er war auch froh, dass Ariane geholfen wurde.

Nach 6 Wochen konnten Karl und seine Mutter dann Ariane wieder mit nach Hause nehmen und sie Aaron übergeben. Vorsichtig wurde Ariane ausgewildert.

Aaron war glücklich und fragte Karl: «Warum hast Du Ariane geholfen?» Karl erwiderte: »Weil Du mein Freund bist und ich weiß von meinem Vater: Wenn man hilft, tut es einem selber gut. Und man weiß: Wenn es Dir selber einmal dreckig geht, dann wird schon jemand da sein, der auch Dir hilft.«

»So«, sagt Wolf Siebel zu Joana, »und jetzt noch die letzte Geschichte.«

Adlerpolizei

Karl sagte zu Aaron: »Wir müssen noch einmal jemandem helfen, der in Not ist.«

Aaron sagte: »Ich bin dabei. Was schlägst Du vor?«

Karl, der inzwischen in die Grundschule ging, hatte von einem Mitschüler gehört, dass er von seinem Vater geschlagen wird. Karl erzählte das Aaron und sagte: »Wollen wir dem Vater nicht mal richtig Angst machen?« »Klasse«, sagte Aaron, »da mach ich mit!«

Karl fragte seine Mutter, ob sie ihm ein altes Bettlaken geben könnte, möglichst ein dunkelblaues. Karls Mutter suchte und fand eines.

Karl schnitt daraus etwas zu, was möglichst wie eine Polizeiuniformjacke für Aaron aussehen sollte. Die Flügel Aarons mussten aber frei bleiben, damit er ungehindert fliegen konnte.

Aaron schaute zu und beriet Karl. Mit weißer Farbe schrieben sie auf den Rücken der Jacke: »Polizeiadler«.

Dann beschrieb Karl für Aaron, wo sein Mitschüler, er hieß Erik, wohnte. Karl und Aaron berieten, was sie tun könnten und dann flog Aaron los.

Er beobachtete das Haus, in dem Erik mit seiner Familie wohnte. Nach einer Weile sah er Erik mit seinem Vater im Garten. Der Vater schlug Erik und schrie laut:« Ich habe Dir doch gesagt, Du sollst im Garten helfen.« Erik entgegnete: »Aber ich musste doch Hausaufgaben machen«. Nachbarn beobachteten das Geschehen.

Da schwebte Aaron heran, drehte einige Kreise über dem Vater, flatterte dann direkt über ihm und krächzte: »Hier ist die Adlerpolizei. Sie dürfen das Kind nicht schlagen. Das ist verboten.«

Eriks Vater hatte sich derart erschrocken, dass er sich taumelnd hinsetzen musste.

Am nächsten Tag stand in der Zeitung: »Anwohner der Ahornallee berichteten von einem »Adlerpolizisten«, der einen seinen Sohn schlagenden Vater gerügt und ermahnt habe.«

Karl und Aaron freuten sich. Karl sagte: »Hoffentlich hilft das dem Erik. Und vielleicht auch anderen. Sonst kommt die Adlerpolizei!«

»So, das waren die Adlergeschichten, jetzt musst Du aber schön schlafen«, sagt Wolf Siebel und Joana antwortet: »Papa, ob ich jetzt noch schlafen kann, weiß ich noch nicht.«

22 Was ist wichtig?

Am nächsten Morgen erzählt Joana ihren Eltern, dass sie ganz viel von dem Adler geträumt hat und dann fragt sie: »Papa, was ist eigentlich wichtig ?«

Wolf Siebel überlegt und antwortet dann: »Ich glaube, ganz wichtig ist, sich und anderen Freude zu bereiten, ohne dabei sich und anderen zu schaden.

Das heißt aber nicht«, fährt Siebel fort, »nur immer Spaß haben zu wollen. Das heißt auch, sich anzustrengen, um sich danach über das Erreichte zu freuen.

Aber weißt Du, ich habe lange darüber nachgedacht und vieles ausprobiert. Eigentlich suche ich immer noch.

Aber, dass Du da bist, das ist ganz wichtig!«